Azadah

Azadah

jacques goldstyn

editorial EJ juventud

¡Eh, Azadah,
tu amiga la fotógrafa
se va!

Shell

¡Anja! ¿Es verdad que te vas?

Sí, Azadah, vuelvo a casa.

No me dejes aquí.

¡Quiero irme contigo!

Pero no puedo, Azadah.
Este es tu país.

¡Llévame contigo!

No puedo hacerlo.
Es ilegal. ¿Lo entiendes?
Se necesitan permisos.

Cuando seas mayor,
podrás hacer una solicitud y marchar.
Empieza por ir a la escuela.

¡¿LA ESCUELA?!
¡Pero si ya sabes que está destruida!

¡No quiero esperar
a ser mayor!

Yo quiero leer libros.

Quiero ver películas.

Quiero ir a museos.

Quiero aprender un oficio que me guste.
Conducir un tren, pilotar un avión...

O convertirme en fotógrafa,
como tú.

Quiero recorrer mundo.

Conocer gente.

Y un día, cuando sea mayor y sabia, volveré.

Si me quedo aquí,
mi futuro está urdido de antemano…

¡Anja, llévame contigo!

Azadah, mi taxi ya está aquí.

Te prometo que te escribiré.

Azadah, tengo que irme.

UN
UN

no5

SNACK

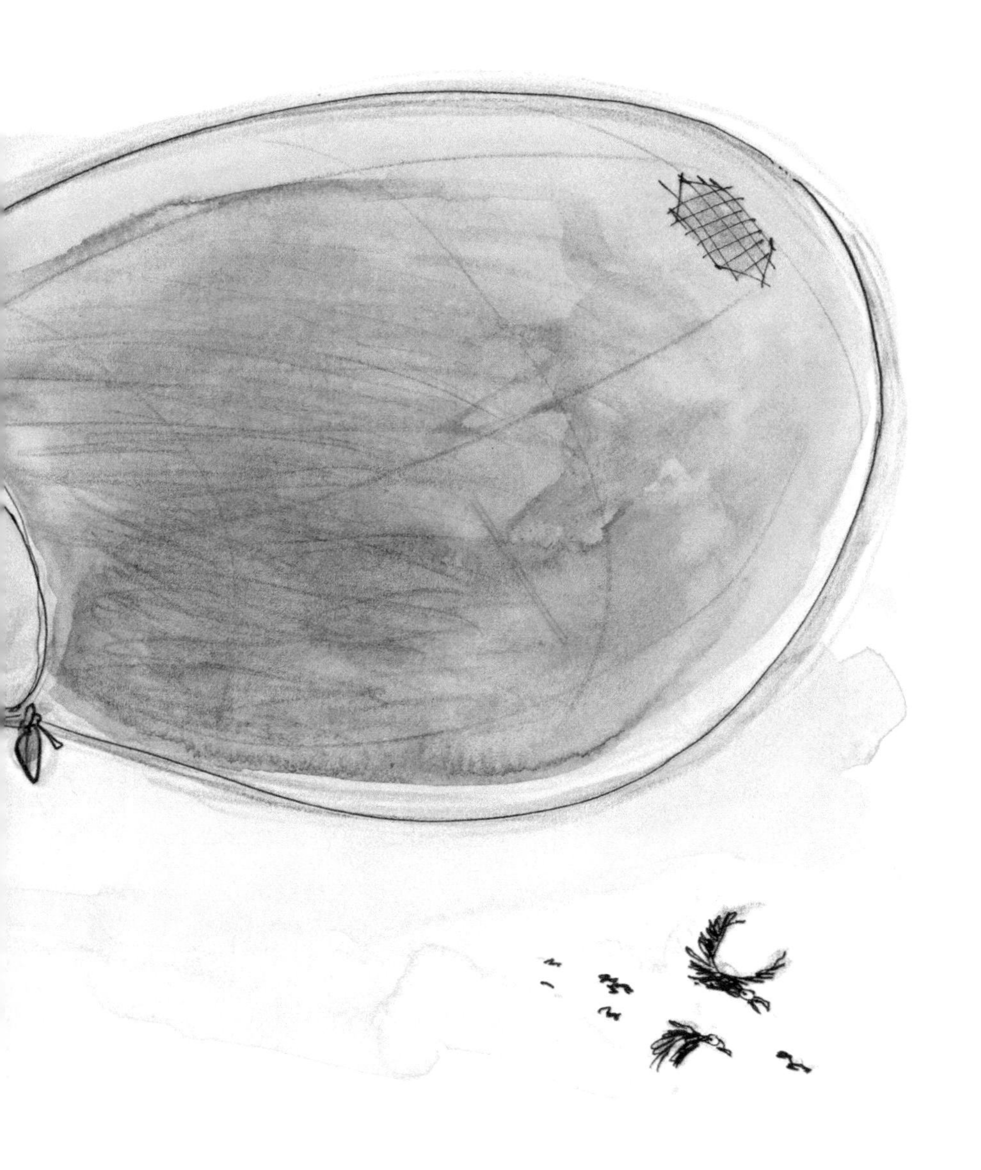

A PROPÓSITO DEL AUTOR

Jacques Goldstyn nació en Quebec en 1958. Licenciado en Geología por la Universidad de Montreal, trabajó en el Gaspé, Abitibi y Alberta como geólogo del petróleo. En 1981, ilustró su primer libro, *Le Petit Debrouillard* («El pequeño ingenioso»), una edición especial de un boletín de noticias científicas en el que se recogían experimentos sencillos para que los jóvenes los pudieran realizar en casa. El proyecto tuvo un éxito formidable y terminó evolucionando en un verdadero movimiento educativo. Hasta la fecha los Débrouillards y sus experimentos han protagonizado decenas de cómics, libros y revistas, así como programas de radio y televisión.

Jacques Goldstyn también colabora en las revistas *Quatre temps* y *Relations*, de Quebec. Sus caricaturas políticas –firmadas con el seudónimo Boris– también pueden verse en el *L'aut'journal* y en la revista de Amnistía Internacional. En 2001, recibió el Premio Michael Smith por su contribución a la divulgación científica en Canadá. En 2009 y 2011 le fue otorgado el Gran Premio de Periodismo Independiente de Quebec por su trabajo en ilustración editorial.

Título original: **Azadah**

Publicado con el acuerdo de Koja Agency, Suecia

Provença, 101 - 08029 Barcelona
info@editorialjuventud.es
www.editorialjuventud.es

Traducción: Teresa Farran

Primera edición, 2017

ISBN: 978-84-261-4456-0

DL B 17365-2017
Núm. de edición de E. J.: 13.498

Printed in Spain
Impreso por Impuls 45, Granollers (Barcelona)